AF593087

Le Rêve
d'un
Viveur
par
Dubut de Laforest
Artistes ayant illustré l'Ouvrage
Jean Béraud
Boutet
Chevalier
Dillon
Feyen-Perrin
Guillemet
Lebourgeois
Henri Pille
H. Rivière
Paul Robert
R. Salis
de Sta
Steinlen
Tiret-Bognet
de Vuillefroy
Willette
G. Fraipont
Jean Béraud

LE RÊVE D'UN VIVEUR

Tirage 525 exemplaires tous numérotés, dont :

25 exemplaires imprimés sur papier du Japon . .	n^os	1 à 25
500 » » » vélin. . . .	»	26 à 525

Exemplaire N° 345

DUBUT DE LAFOREST

Le Rêve d'un Viveur

ILLUSTRATIONS DE MM.

Jean Béraud — Boutet — Chevalier — Dillon — Feyen-Perrin
G. Fraipont — Guillemet — Lebourgeois — Maincent — Henri Pille
H. Rivière — Paul Robert — R. Salis — de Sta
Steinlen — Tiret-Bognet — de Vuillefroy — Willette.

PARIS
ED. ROUVEYRE ET G. BLOND
IMPRIMEURS-ÉDITEURS
98, Rue de Richelieu, 98
1884

A mes collaborateurs artistiques,

MM. Jean Béraud, Boutet, Chevalier, Dillon, Feyen-Perrin, G. Fraipont, Guillemet, Lebourgeois, Maincent, Henri Pille, H. Rivière, Paul Robert, R. Salis, de Sta, Steinlen, Tiret-Bognet, de Vuillefroy, Willette,

Je dédie respectueusement et fraternellement cette fantaisie,

Paris, Septembre 1883.

DUBUT DE LAFOREST.

LE RÊVE D'UN VIVEUR

« . . . *Mourir, rêver peut-être?* . . . »

...Enfin me voici dans la bière et tranquille pour l'éternité... J'ai cru que l'on ne se déciderait jamais à partir... Les voisins racontent que si je me suis tué, c'est parce que j'étais atteint d'aliénation mentale... Quelle sottise !... La vérité vraie, c'est que j'en avais assez de cette vie monotone et réglée comme une horloge pneumatique... Entendre chaque jour les mêmes mensonges, voir les mêmes visages, tout ceci m'agaçait profondément... Je me suis tué parce que je haïssais le bruit... Je n'ai pas fait de mauvaises affaires; ma vie a été des plus honorables ; je n'avais pas d'amour en tête, ni de folles ambitions au cœur... J'étais las de la vie et voilà tout...

En appuyant le canon d'un pistolet sur ma tempe droite, je n'ai eu que cette idée : — « Mon petit ami, tu vas être aussi tranquille que Baptiste. » Cela dit, je suis tombé dans le sang, assommé comme un bœuf à l'abattoir.

Ah ! comme je regarde en pitié tous ceux qui continuent à vivre et à prendre au sérieux leur tâche de chaque jour... Ciel ! que je vais être heureux maintenant !... M'ont-ils assez retourné, examiné, critiqué... Il y avait même certaines personnes qui parlaient d'autopsie... On a mandé la justice, les médecins... Bon, voici le maître des cérémonies qui s'avance... Il tousse... Je le reconnais à sa voix... Ce doit être ce grand escogriffe qui conduisait le pauvre Liébert : — *Messieurs, quand il vous plaira ?*... Très bien !... J'entends les cloches de Notre-Dame-de-Lorette... En route !...

Les croque-morts qui m'ont descendu de ma chambre affirment que je ne pèse pas plus qu'une mouche..... « Buvons bien, mangeons bien et nous mourrons gras, » disait le père Illico... J'ai bien bu, bien mangé et je suis mort maigre...

Je ne crois plus aux proverbes...

Brrr... Cette pluie fine doit mouiller jusqu'aux os les braves gens qui suivent le cortège...

Vraiment, il y a des gens bien désœuvrés dans ce Paris si actif et si remuant.

Connaissez-vous ce type légendaire qui prend plaisir à honorer de sa présence tous les convois les plus somptueux comme les plus modestes ?..... Dès le matin, il est là sur le seuil de sa porte, vêtu d'une redingote noire, coiffé d'un chapeau à haute forme luisant. Sa main s'appuie sur une canne d'ébène. Il fait quelques pas dans la rue et tout aussitôt son visage traduit une expression sévère, une expression de circonstance. Le cortège s'avance lentement. Le monsieur met ses gants, des gants noirs usés aux doigts ; il se découvre et, très grave, se mêle à l'assistance. — C'est l'Homme-deuil.

L'Homme-deuil habite la rue Notre-Dame-de-Lorette. J'ai eu l'honneur d'être son voisin pendant plusieurs années ; et ma foi, j'aurais bien dû comprendre, à l'air dont il me regardait depuis quelques semaines, que je n'avais pas longtemps à vivre. Dès qu'il a appris mon suicide, il est entré dans la loge de mon concierge :

— C'est pour onze heures, n'est-ce pas?

— Oui, monsieur...

— Très bien... On sera exact...

— Vous êtes l'ami du pauvre défunt ? a demandé Mme Lerreau.

— Pas du tout... Mais, cela ne fait rien... Monsieur était du quartier ; et du moment que l'on est du quartier...

Sur ces mots, l'Homme-deuil s'est retiré. Le voici maintenant qui cause avec mon neveu Frédéric.

— Monsieur votre oncle était riche ?

— Oui, monsieur.

— Mais, on disait qu'il aimait à taquiner la dame de pique ?... C'est un badinage qui coûte très cher...

— Monsieur...

— Oh ! ce que j'en dis... Monsieur Frédéric, vous ne paraissez pas bien portant... C'est sans doute l'émotion... Enfin, vous savez, la mort frappe les jeunes aussi bien que les vieux... Je ne vous souhaite pas... Mais, si pourtant...

— Je vous en prie, monsieur...

— Comptez que je serai au premier rang...

...Une... deux.. Une... deux... Au pas !...

Une. . . deux. . . une. . . deux. . . Au pas! . . .

Je me sens mieux: on m'avait un peu trop remué dans l'escalier... Qu'est-ce à dire ?... On parle des difficultés que l'on a eues pour me faire entrer à l'église ; le curé ne voulait pas me rendre les derniers honneurs. D'ordinaire — paraît-il — les suicidés s'en vont sans tambours ni trompettes... Il a fallu implorer l'archevêque de Paris, la nonciature, Notre Saint-Père même... C'est mon coquin de neveu et ma concierge qui ont fait les démarches... Bref, on a prouvé que j'étais fou et l'on m'enterre en parfait catholique...

Eh ! Eh ! Il y a du monde : les Tinders, les Richemont, les Claudel, les Mersay... les Lormont... Chers amis...

On entre à l'église... Quelle épouvantable odeur !... On a dû faire servir de vieux bouts de cierges... J'abhorre l'encens.... Ils chantent.... Mais finissez donc, je vous en supplie..... *Requiescat*.... Merci, monsieur le curé...

Allons !... qu'on se presse !... Que de temps perdu en compliments de condoléance... Ne leur réponds pas, Frédéric... Ne leur réponds pas...

Au Père-Lachaise !..... Pas de discours, je l'ai instamment demandé dans mon testament, en laissant toute ma fortune à mon neveu Frédéric... Il pleure, le pauvre petit... Ça lui fait perdre au moins trois jours de travail... S'il allait être refusé au bachot... La descente de la bière s'opère convenablement... Retirez les chaînes... Poussez les planches... Encore... Encore un peu... A droite... Bravissimo... On jette la terre... Le clergé se retire en psalmodiant... On tasse... On tasse... Comme c'est bon la terre !... Faites vite, mes amis ; je ne m'en irai pas, je vous le promets... Si je suis ici, honnêtes fossoyeurs, c'est que je l'ai bien voulu...

Ils ne partiront pas ?... Non...

— On dit que le client en avait assez de cette canaille de vie ?...

— Un coup de pistolet... V'lan !... Il s'est fait sauter le caisson...

— Pas bête, lui...

— Je te défie d'en faire autant...

— J'aimerais mieux t'assommer avec ma pioche...

— Tu es trop lâche, mon gros...

— Allons, Maulubec, on dirait que vous portez une maison...

— Il fait si chaud, patron.

— Paresseux...

— Prenez la pelle, vous...

— Je suis ici pour commander...

— Oui... on sait... Vous faites le malin, parceque Piédevaux, le vrai patron est absent.

— C'est bien...

— Patron, la langue me pèle à force de sécheresse...

— Travaillez... Nous boirons ensuite...

— A toi, Génieux...

— Allons, les enfants...

— Un coup de collier, presto !...

— Malgré la pluie de ce matin, la terre est dure comme les cornes du diable...

— Qui parle du diable, ici ?

— Ah ! c'est vous, monsieur Reuchard... Comment va ?...

— Parfaitement.

— Vous avez terminé avec la petite demoiselle ?

— La jeune fille a son piano sur l'estomac...

— Farceur...

— En voilà deux qui ont remercié volontairement le boulanger... Des philosophes, quoi ?...

— Avez-vous soif, les enfants ?...

— Oui... Oui...

— En avant alors !... Serviteur, mon bon môssieu... Au revoir dans la vallée de Josaphat !... Vous serez réveillé par les trompettes du jugement dernier... Il y a à Paris des gens qui les fabriquent...

— Faut plus blaguer... La famille a bien fait les choses...

..... Ils sont partis enfin !... Je vais dormir...

Ah ! c'est vous, monsieur Reuchard ?

LE SOIR

LE SOIR

On est bien ici..... Tout est calme..... J'entends le frémissement du vent dans les sycomores... C'est amusant de juger sa vie à plusieurs pieds sous terre. Dans le temps, j'ai fait des conquêtes... Ma première maîtresse a été une jeune et jolie femme de province, qui, pour venir à Paris avait planté là son mari et sa fille... Elle a vu Paris et elle en est morte... Drôle de femme... Un jour, elle m'aimait ; un autre jour, elle ne m'aimait pas... Sa manie consistait à regarder pendant des heures entières un tableau qui lui rappelait sa faute : c'était une cancalaise allaitant son nourrisson...

A ces moments, ma maîtresse devenait toute triste.

Baissant la tête, elle disait :

— Je suis une mauvaise maman...

J'avais beau lui crier :

— La vue de ce tableau vous fait mal... Allons, Rosette, soyez toute à notre amour...

Elle ne répondait pas; elle restait là, devant le passé, les mains jointes, abîmée sous le poids d'une incompréhensible angoisse...

Alors, je venais auprès d'elle :

— Puisque je vous aime, Rosette...

Elle me regardait avec de grands yeux pleins de larmes :

— Louis... Louis... Je veux revoir ma fille... Mon Andrée... Si vous êtes bon, vous aurez pitié de ma douleur... Vous me ramènerez à la Croix-du-Jarry...

— Votre mari vous tuera...

— J'aime mieux mourir...

Je n'étais pas un méchant homme. Je reconduisis la fille des Bérias chez ses parents... Je la revoyais, de temps à autre, quand je retournais au pays...

Baissant la tête elle disait : « Je suis une mauvaise maman » . . .

Je restais veuf pendant plusieurs mois... Mon rêve était d'avoir pour maîtresse une jeune fille simple et même un peu naïve, qui se contentât de l'amour que je pourrais lui donner, des honoraires absolument suffisants que je mettrais à sa disposition.

Où chercher ma nouvelle recrue?

Aux *Folies-Bergère,* au *Skating,* à l'*Eden-Théâtre,* à l'*Hippodrome?...* Non, n'est-ce pas?...

Une demoiselle de magasin?... Pour me faire couper les oreilles avec les ciseaux pendus à sa ceinture?... Jamais de la vie.

Une bonne?... Les tabliers blancs me font horreur.

Une fillette de la campagne?... C'était toute une éducation à entreprendre.

Une chanteuse des *Ambassadeurs?...* Je n'étais pas musicien.

Une duchesse du faubourg Saint-Germain?... Je n'avais qu'un quartier de noblesse.

De guerre lasse, un soir que je remontais la rue d'Amsterdam...

Mais, pourquoi éveiller ce pénible souvenir... La fille me vola ma montre et mes bagues, — et chose plus grave encore, — une paire de pantoufles brodées par Rosette...

Après celle-ci, ce fut une autre..... Je l'avais rencontrée sur un quai, tout près du Pont-Marie... Elle allait où va une femme qui sort, le nez au vent, parisienne rieuse... De fil en aiguille, on en vint à se demander ses noms, prénoms et domicile... Elle se nommait Louise Moscou et travaillait dans un magasin de modes ; je lui dis que je m'appelais Piétro Langenaïs et que j'étais conservateur d'un cimetière de Paris... Elle se prit à sourire et parut heureuse de cette révélation... Je la conduisis en fiacre jusqu'à mon appartement de la rue Cardinal-Lemoine... Là, elle refusa les présents d'Artaxercès, se montra pleine de colère, maudissant mon stratagème et criant bien fort que si elle m'avait suivi, c'était avec l'espérance de dormir au milieu des tombeaux...

Je croyais être très spirituel ; je fus grotesque...

Ses yeux flamboyaient comme le glaive de l'archange Michel :

— C'est mal à vous, monsieur, de tromper une pauvre fille...

Mais dès le lendemain, sa colère tomba...

Nous nous sommes adorés pendant tout un carême...

Elle allait où va une femme qui sort. . .

heures. C'est le moment de l'absinthe à Tortoni. Il y avait là-bas des peintres, des musiciens, des vaudevillistes, des romanciers... Ils causaient tous beaucoup... Je n'aime pas les causeurs...

t heures. Mon drap me serre trop : On m'a enfermé dans un linge neuf... Si je pouvais me dégager ?... Non ?... Eh ! bien, restons comme cela...

it heures. Décidément, ma bière est trop étroite...

heures. Quand j'étais jeune, je désirais ardemment être enterré au Père-Lachaise... J'achetais une concession à l'époque où l'on vendait encore des concessions ; je voulais absolument dormir à côté des hommes célèbres... C'est ça qui m'est égal maintenant, les hommes célèbres...

Minuit. Il me semble que mes bras ont enflé démesurément...

NEUF JOURS APRÈS

NEUF JOURS APRÈS

Ah! je souffre!... Mes pieds sont dévorés par les vers... Oh! mon orteil!... Tas de gredins!... Vers infâmes... Si je pouvais les chasser... C'est horrible... Ils montent... Ils montent...

Pas un instant de repos... Pendant toute la journée, on a transporté des matériaux pour une construction sépulcrale: C'est une jeune duchesse de la rue de Varennes qui élève un mausolée à son mari... Les chevaux traînaient des moellons et des barres de fer qui faisaient entendre un cliquetis énervant... Voici un tas de pauvres gens dont on va envoyer les os au diable vauvert pour faire de la place... Moi, j'ai ma concession... Je n'en suis pas plus fier pour cela... C'est une jolie farce que l'égalité dans la mort...

Quelle cohue !.... Pourquoi ce bruit ?..... C'est un sénateur qui est décédé, un vieil inamovible. Ils sont superbes là-haut avec leurs inamovibles... C'est nous, les morts, qui sommes les inamovibles, les vrais, les seuls... Voilà que je fais de l'esprit... On parle bas : Ce vieillard que la mort a attendu si longtemps était — dit-on — un brave homme... Eh, bien ! qu'on se dépêche de l'inhumer... Qu'on ne le fasse pas souffrir... On déploie des papiers... Des discours ?... Oh ! non, je vous en prie, messieurs, ayez pitié de nous... Ils ne m'entendent pas... Mais, je reconnais cette intonation... Monsieur... Monsieur, rappelez-vous : je filais comme le vent quand vous montiez à la tribune... Quel supplice !... Il parle... Il parle... C'est à désirer de mourir, si je n'étais déjà mort...

« Messieurs.... Messieurs... »

... Mais, Dieu merci, l'émotion lui coupe la parole.. Le sénateur reste là, la main gauche sur son cœur, le bras droit tendu en avant... C'est en vain qu'un vieux bonhomme à béquilles souffle à l'orateur le commencement de son exorde...

La situation peut se prolonger indéfiniment...

Des discours ? . .

Pour un observateur, les conversations de mes voisins constitueraient des documents précieux. Les morts sont tous les mêmes. A les entendre, il ne leur a manqué que quelques années, que quelques jours pour qu'ils devinssent des héros.

— Oui, monsieur, c'est comme j'ai l'honneur de vous le dire... J'avais inventé un système de chauffage économique... Mes plans sont dans les tiroirs de ma bibliothèque...

— Et moi?... J'étais sur le point d'écrire un dénouement superbe à mon drame destiné à la *Porte-Saint-Martin*... Tout y était... Tout... émotion, intérêt poignant... C'était un succès... un succès...

— Que parlez-vous de littérature, cher monsieur... La rupture d'un anévrisme m'a empêché de terminer une pièce de vers à laquelle je travaillais depuis cinq ans...

— Je ne demandais que huit jours pour achever une œuvre qui devait me rendre immortel, une œuvre grandiose et sacrée entre toutes : « La Pacification des États-Unis de l'Europe... »

— Si j'avais vécu, les compagnies de chemins de fer étaient ruinées par la mise en pratique de mon invention...

— Je suis mort pauvre; mais, j'aurais gagné des milliards... Il a fallu qu'au moment même.....

— Je rendais inutiles la *Chambre des députés* et le *Sénat*...

— Je créais un journal qui aurait enfoncé : le *Figaro*, la *République Française*, la *Justice*, l'*Indépendance Belge*, le *Times* et même le *New-Hérald*...

— Avec mon idée, toutes les femmes étaient jolies et les hommes honnêtes...

— J'aurais éclairé Paris avec une seule lampe...

— Je me mettais à la tête d'une compagnie financière donnant des dividendes à ses actionnaires...

— Deux jours encore et je dirigeais les aérostats...

— Une demi-heure seulement : je rendais la raison aux fous, l'ouïe aux sourds...

— Le monde se souviendrait de moi, je vous le promets...

Une veuve. — Mes enfants auraient du pain...

Vendredi. Le jour de MM. les Anglais... Ils sont là, le nez plongé dans leur guide... Ils ne voient rien... Ils n'entendent pas un mot de ce que raconte leur infernal cornac...

— Mesdames et Messieurs, voici le monument...

Mesdames et Messieurs, voici le monument . . .

Encore les squelettes :

Un jeune boudiné cause avec son ancien précepteur.

— L'abbé, vous nous aviez promis un monde meilleur et...

— Attendez, mon fils, espérez !...

— J'attends et je désespère...

— Dieu ne nous juge pas encore dignes de le contempler...

— Voilà bientôt deux ans... Mais enfin, l'abbé, où sommes-nous ici ?... Est-ce l'Enfer ou le Purgatoire ?

Un gamin de Paris. — C'est la gare de l'autre monde.

— Mon fils, n'écoutez pas cet impie.

— L'abbé ?

— Mon enfant...

— Vous avez quelque péché sur la conscience pour ne pas être allé là-haut directement ?

— Dieu seul est parfait.

— Quelque pécadille, sans doute ?... Contez-moi cela ?

— Monsieur Édouard, vous êtes inconvenant.

Passe une belle-petite.

— Tiens, ce pauvre Édouard...

— Félida, tu n'a pas embelli...

— Si tu crois que cela donne des couleurs de ne jamais sortir... On ne s'amusait pas beaucoup à Bullier, mais je préférerais...

— Parbleu, moi aussi.

— Que fais-tu pendant la journée?

— Je cause avec mon ancien précepteur.

— M. l'abbé pense-t-il que nous partirons bientôt?...

— Interroge-le toi-même...

— Je n'ose pas...

— Attends... L'abbé!...

L'abbé. — Monsieur Édouard...

— Il y a ici une jeune fille qui...

— Eh! quoi, monsieur, même après la mort...

Encore des Anglais... Cette fois, c'est le gardien du cimetière lui-même qui conduit les visiteurs devant le tombeau d'Héloïse et d'Abeilard...

— Pauvre Héloïse... malheureuse Héloïse...

C'est toujours ainsi: quand un malheur arrive à un homme, on ne pleure que sur le sort de sa femme...

Pauvre Héloïse ! . . . malheureuse Héloïse ! . . .

Quand les vivants me laissent en paix, ce sont les morts qui troublent mon repos. Voici le capitaine Ohnel, cet infernal joueur du *Cercle des Mirlitons* qui s'est doucement éteint sur l'un des divans du club — une nuit où il ne pouvait plus jouer, faute d'argent.

— Hé! bonjour, monsieur Louis.

— Bonjour, capitaine.

— Depuis quand êtes-vous ici?

— Il y a une dizaine de jours...

— Votre crâne est troué... On dirait qu'une balle...

— Je me suis tué.

— Vous étiez décavé?

— Non.

— Alors?...

— Paris me semblait monotone.

— Fichtre!... Avec vos rentes...

— Malgré mes rentes...

— Et vous amusez-vous beaucoup chez nous?

— Pas du tout... Je ne m'ennuierais pas si l'on me laissait tranquille...

— Vous êtes donc toujours de mauvaise humeur?

— Toujours.

— Quel drôle d'homme. En taillons-nous une petite?

— Non... merci...

Dimanche. C'est aujourd'hui dimanche... Je l'avais oublié... — Que me veut-on encore ?... Ma concierge, madame Lerreau armée d'un pot de géraniums... Je l'entends qui murmure :

— Faut-il être sot de se tuer quand on paie régulièrement ses termes... Le parquet m'a donné bien du mal à nettoyer... Du sang, partout du sang... Pauvre monsieur... Sans compter que l'appartement est encore sans locataire...

— Madame Jules, emportez vos fleurs ou vous n'aurez jamais un sou d'étrennes de moi... Vous savez bien, ô mon énorme concierge, que je jetais par la fenêtre vos affreuses corbeilles... Elle s'avance... Cette femme sait que je déteste l'odeur des géraniums et parce que je ne puis pas me défendre...

— Quel dommage ! C'était un si brave homme...

— Madame Jules ?...

— Oui... un très brave homme... Il rentrait toujours pour se coucher lorsque les autres se levaient... Ça ne fait rien... C'est pas avec des gens aussi généreux que monsieur qu'on bougonne pour tirer le cordon...

Quel dommage! . . . C'était un si brave homme! . . .

Là-bas, dans ce caveau superbe, deux dames nobles ne cessent de parler :

— Chère petite Emma, pourquoi Dieu vous a-t-il fait mourir?... Vous étiez si fraîche et si jolie, au dernier bal de l'ambassade russe... Je vous vois encore avec vos diamants et vos grands yeux qui plus encore que vos diamants faisaient de la lumière autour de vous... Fernand était le plus heureux des maris...

— Pauvre Fernand... Croyez-vous, ma tante, qu'il en épouse une autre?...

— Vous m'embarrassez beaucoup... Le baron vous adorait... Mais, les années passent... la crainte de vivre isolé...

— Eh! bien, ma tante, je crois à l'amour éternel de Fernand...

— Tu as raison, Emma...

— Oh! mon Dieu, est-ce possible?... Je deviens folle... Fernand, ici?... Fernand est mort!...

— Oui, Emma... On m'a descendu dans notre caveau de famille, pendant que ma tante et toi, vous étiez absorbées dans la prière... Vous n'avez rien entendu... Et comme je craignais de te faire de la peine...

— Cher Fernand...

— Emma, je ne pouvais vivre sans toi... Mais, j'ai voulu me présenter à ta vue sous des dehors non repoussants... On m'a embaumé...

— Moi, je dois être horrible ?... Je te fais horreur ?...

— Oh ! non... non... Ton être s'est volatilisé, sans doute... On dirait que ton haleine exhale l'odeur du jasmin et des verveines..... Tu m'enchantes..... Tu m'enivres...

— Qui va là ?... Mais je ne me trompe pas... Pardieu, c'est la fillette du Pont-Marie ; c'est mon ancienne Louise Moscou... Je la connais : elle a toujours eu une tocade pour les cimetières ; elle est capable de dormir ici... Allons, mignonne, garde tes violettes pour une meilleure occasion...

— C'est donc bien vrai qu'il est mort ?... Et dire que j'ai aimé cet homme... Je me sens toute émue ; ça me fait tic-tac dans la poitrine... Qui donc a déposé ce bouquet de roses ?... sans doute, quelque rivale préférée... S'il allait parler ?... Chut !...

S'il allait parler ? . . . Chut ! . . .

Toujours les mêmes histoires..... On vient de clouer un cercueil qui s'était effondré... Chaque coup de marteau m'entrait dans la tête... Un vacarme effroyable !... Et moi qui me plaignais d'habiter au-dessus de la boutique d'un emballeur... C'est bien autre chose ici : Un va-et-vient de gens affairés : des scieurs de pierres, des maçons, des charpentiers, des ébénistes, des serruriers, des peintres en décors qui fredonnent des airs rebattus, des marbriers, des poseurs de plaques funéraires, des vitriers, des revendeurs d'immortelles avec des annonces qui vous donnent froid dans le dos, tous les corps d'états réunis en un seul lieu... C'est un capharnaüm, une cour du roi Pétaud...

Et c'est ce qu'on appelle le repos de la mort ?... Mais les morts sont mille fois plus tourmentés que les vivants...

Un importun vous harcelle ?... Un tour de clef à la porte de votre chambre... Un emballeur cloue ses caisses ? Mâtelassez vos fenêtres... Le théâtre vous ennuie ?... N'y allez pas... Un orateur abuse de votre patience, disparaissez à l'anglaise... Je croyais en avoir fini avec la comédie humaine et je retrouve en ce lieu tous les ennuis et tous les dégoûts...

Trois heures

Un monsieur décoré — le conservateur sans doute — est venu près de moi : « Il faudra replacer cette tombe qui a un peu joué »... C'est de ma tombe qu'il s'agit. Mon neveu Frédéric a eu l'idée stupide de faire exécuter mon buste en marbre blanc, et pour placer le buste on a dérangé la tombe... Mais, monsieur le conservateur, je n'ai rien sollicité de vous ; il est absolument inutile d'envoyer des ouvriers qui vont encore piétiner mon cadavre... Je ne veux qu'une chose : le repos... Si vous avez chez vous des comédiennes et des diplomates qui désirent se distraire parce que la camarde les a surpris trop brusquement, divisez-nous en deux classes et placez-moi avec ceux qui sont venus dans votre cimetière pour se reposer...

Une des choses qui m'ont le plus décidé à me tuer, c'est l'ennui bête que me causait le grand prix de Paris, avec le brouhaha des tribunes, les cris des boock-makers, les casaques flamboyantes des jockeys, la cloche du starter : je savais que je ne m'y amuserais pas et j'y allais tout de même, par pose... Au milieu du tapage, je devenais sourd, insolent, fou furieux... Eh ! bien, le bois de Boulogne, même un jour de grand prix, est moins ahurissant que le Père-Lachaise...

Au milieu du tapage, je devenais sourd, insolent, fou furieux.

heures. Je porte une masse énorme qui m'écrase... Oh! horreur... Je tourne dans un immense cercle et ma tête se heurte au plafond du cercueil... Les plantes avec leurs floraisons gigantesques semblent prendre mouvement et vie... On dirait des monstres menaçants... Le temps se charge... Gare à l'orage...

heures. L'ouragan est déchaîné : les bruits du tonnerre se répercutent jusqu'ici mille fois plus terribles que dans l'espace... Les éclairs traversent la terre et jettent sur moi leurs sinistres lueurs... Mon cercueil est inondé... L'eau bouillonne et gronde... Voici venir les épouvantements de l'enfer...

Une voix plus puissante que les flots de l'Océan pendant la tempête, retentit :

« *Memento quia pulvis es et in pulverem reverteris!...* » Les cercueils s'effondrent ; le plomb se rue sur le bois, et le bois éclate étalant ses cadavres : le plomb lui-même se tord sous les feux d'un cratère que l'on ne voit pas, mais dont l'intensité est telle que maintenant la flamme poursuit partout son œuvre de destruction...

Les cadavres se choquent entre eux; les squelettes s'effritent; l'invisible flambée dévore les longues chevelures des femmes; les cerveaux humains ne sont plus que des pincées de cendre...

Alors, ce qui reste de membres et de têtes ayant gardé la conscience de la douleur, prend des attitudes désespérées...

... *Et in pulverem reverteris!*...

Tout revient à la terre... Les crevasses qui s'élargissent ont des risées de monstres, en reprenant ce qui fut leur chose... Les racines des arbres deviennent grasses et robustes; elles prennent notre sang, nos os, toutes les parcelles de nos corps et elles s'en nourrissent avec une étrange voracité... Là-haut, l'épanouissement des arbres sera superbe!...

LA NUIT

LA NUIT

Le ciel doit être clair ; le vent est tombé... Si je pouvais dormir et oublier ce cauchemar terrible... Encore ce rossignol ?.. Assez !.... Assez !... Chanteur impitoyable, il se moque des sifflets et des huées.... Allons, chante, barbare.....

L'oiseau chante toujours !.... Je souffre !.... Mes bras sont des moignons informes et mon ventre est dévoré par les monstres de la terre.... Mangez-moi donc, misérables vers !...

Encore ces deux filles qui se querellent... Elles sont enterrées depuis plus de dix ans, et tous les jours, elles se poursuivent de leurs invectives.

— Oui... oui... tu auras beau dire, ça n'empêchera pas que tu m'as soufflé le petit Auguste...

— Auguste des Bâtelières... une belle affaire...

— J'y tenais beaucoup...

— Tu avais tort, Anna... Auguste, pas sérieux... pas sérieux...

— Je te dis que si...

— Non...

— Si...

— Non..

— Oh! si je pouvais...

— Tu me battrais, comme tu le fis, un soir, à l'*Elysée-Montmartre?...*

— Je te giflerais, vois-tu... Je te giflerais...

— Mais, regarde donc tes manches à gigot...

— Si tu te figures que tu es jolie avec ta bouche pleine de terre...

— Auguste se moque de nous...

Pendant que ces maudits squelettes se disputent, le rossignol chante toujours...

Allons, chante, chante, barbare!...

Allons ! . . . chante. . . barbare ! . . .

Voici qu'on exhume un de mes camarades : sa famille veut mettre le corps dans un caveau... Il était bien tranquille, le pauvre homme... Pourquoi le déranger?... C'était un négociant de la rue Saint-Denis : il avait gagné sa fortune dans le commerce de la mercerie et il laisse deux filles honnêtement mariées. Son silence me reposait du fatras de paroles de certains avocats et des monologues des anciens acteurs de la *Comédie-Française*.... Savoir qui l'on va placer à côté de moi?....

Je regrette le tapage de l'emballeur, la mauvaise cuisine de ma bonne, les conversations du café ; je pleure ma Rosette et ma Louise bien-aimées, toutes deux... Les banalités du monde que j'ai perdu se réfugient au cimetière....

Les vivants s'unissent aux morts pour me faire prendre ma situation en dégoût... Mes compagnons de cimetière ont, en effet, gardé tous leurs défauts.... Comme autrefois, ils sont menteurs, hypocrites et méchants ; comme autrefois, ils s'injurient pour quelques pelletées de terre... Si les sous-sols du *Père-Lachaise* avaient des juges, ces juges seraient plus occupés que ceux des tribunaux de France...

Autrefois, du moins, quand j'en avais assez de Paris, des courses, du baccara et de la politique, je revenais dans mon trou de province et je passais quelques mois, loin des tramways et des colonnes à affiche, au milieu des ombrages, à côté des clairs ruisseaux... L'air vivifiant me donnait de l'appétit; j'étais un petit roi dans mon village de Lamète : les souvenirs laissés par mon père faisaient de moi presqu'un dieu...

De temps immémorial, dans ma famille, nous avons possédé un moulin, un moulin aux grandes ailes noires qui — au souffle du vent — me contait mes joies d'enfant et aussi mes amourettes de jeune homme... On disait comme cela dans le pays : — « *Notré moûs-*
« *sur cï riba... Vou sabé bé, lu parisiën, lu fî dé*
« *moûssur Nicolas?...* *

Et pendant que le vieux moulin ne battait que d'une aile, Rosette me prenait au cou et nous descendions pas à pas le sentier des meunières, écoutant les cris des oiseaux et les douces harmonies de la nature ensoleillée... Nous allions ainsi, heureux d'être, avec de la joie et de l'amour, plein le cœur....

* Notre monsieur est de retour... Vous savez bien, le parisien, le fils de M. Nicolas?...

Et pendant que le vieux moulin ne battait que d'une aile . . .

Parfois aussi, j'errais tout seul, à travers la campagne. Dans les villages, à Jamaye, à Nègre-Combe, les bonnes femmes se rappelaient qu'elles m'avaient vu tout petit : elles hochaient leur vieille tête branlante :

— Hé ! pauvre monsieur, vous êtes plus pâle qu'un linge.... Le climat de Paris vous tue à petit feu..... Coquin de sort... Vous étiez si heureux chez vous... On vous aimait tant...

Puis, venaient les *peiri,* Jacquillou, le vieux Lomont, Grand'Pierre :

— Une foutaise, votre Paris... Il vous mangera tout vif...

A la *Fontaine du Prince*, les filles lavaient la lessive, les manches relevées jusqu'aux coudes, les poitrines saillantes sous les fichus de couleur, les joues rougies par les baisers du soleil, les lèvres appétissantes comme des fraises mûres; et elles riaient de toutes leurs dents blanches devant ce fantôme — ce grand diable d'homme démoli — ce monsieur *pschutt* que leurs amoureux auraient envoyé dinguer en l'air, d'un coup de poing...

Je me disais : Il faut rester dans ton village. C'est là la santé... C'est la vie...

De retour à la ferme, le monsieur des *Premières*, le sportsman disparu redevenait le bourgeois d'antan et il regardait ses bœufs, ses gros roux qui braquaient sur lui leurs énormes yeux de bêtes et dont les longs mugissements disaient: « — Pourquoi nous as-tu abandonnés, not' maître ?... Oh ! reste avec nous... Ceux qui naquirent aux champs ne sont point faits pour la ville... Là-bas, tout est vain et menteur... Les arbres des promenades parisiennes sont de petits arbres à côté de nos châtaigniers superbes; les chevaux du Bois de Boulogne ne courent pas plus vite que le bel alezan qui t'emportait à travers vallons et forêts; les filles des Boulevards exsangues et râlantes ne sont pas comparables à nos fraîches et robustes campagnardes...

Reste avec nous, gentilhomme viveur: le tapis vert et ses jetons de nacre ne valent point nos prairies étoilées de boutons d'or et de marguerites; les lampes Jabloskoff ne remplaceront pas le soleil... Reste avec nous, not' maître.... »

Si vous croyez que j'écoutais mes bœufs...

En somme, la campagne n'était pas plus gaie que la ville : c'était toujours la même chose...

Leurs longs mugissements disaient : « Pourquoi nous as-tu abandonnés not' maître ? . . .

Alors, j'essayais véritablement de vaincre cette monotonie désespérante. Je voyageais — courant de Séville à Venise, me reposant sous les ombrages d'Hyde-Park pour revenir au Prater, dédaignant le Prado pour une excursion sur les rives du Bosphore, abandonnant Constantinople, me cantonnant dans une campagne perdue de la Norvège, haussant les épaules devant les prétendues splendeurs de l'Orient.

— Il n'y a que Paris... Il n'y a que Paris...

Je me replongeais dans la vie parisienne. Tout l'hiver dernier, à partir de sept heures du soir, on me vit en habit, cravate blanche ou noire. J'étais correct, toujours correct... Je devins plus joueur que jamais... La veine me souriait.... On me voyait apparaître à mon club :

« — Cinq cents louis sur le premier tableau !... »

Je gagnais des sommes fantastiques... Je tenais à conserver mon petit appartement de la rue Notre-Dame-de-Lorette, mais, j'achetais un magnifique hôtel, avenue de Villiers. — Toutes les femmes se rendirent à mes fêtes... toutes, toutes.... *Comédie-Française, Opéra, Variétés, Vaudeville*... Mon hôtel devint un Paradis de Mahomet, un Eldorado féérique... Parole d'honneur, je ne me suis jamais autant ennuyé...

Mardi. Encore des bavards : des agents de change remplissent le cimetière de leurs lamentations sur le krach ; un député murmure l'exorde de son prochain discours... C'est gai...

Mercredi. On nous annonce une visite de la justice. Il paraît que le gentilhomme qu'on a enterré hier a été empoisonné par sa femme qui le trompait avec un officier de ses amis : Nous avons pour une semaine au moins de commentaires stupides...

Quoi encore ?... Mon Dieu !... Quel effrayant spectacle !... Dans l'abîme plane un grand squelette, c'est celui d'un général tué en 1870 dont on a rapporté à Paris la dépouille... Son corps eut pour suaire un drapeau tricolore... Il marche, la tête haute, et tous les morts de mon côté se lèvent, malgré eux, pour le saluer... Il y a dans les orbites de ses yeux des clartés étranges ; c'est comme une lumière rouge à reflets vacillants... Son bras menaçant est tendu vers l'Allemagne !... Il me contemple avec pitié... Il est mort pour la patrie et moi je me suis tué lâchement, inutilement... Il marche... Il marche... On dirait qu'il va soulever son tombeau !...

Tous les morts de mon côté se lèvent pour le saluer. . . Il marche. . .

PAR UNE BELLE MATINÉE
DE PRINTEMPS

PAR UNE BELLE MATINÉE DE PRINTEMPS

..... Ah ! j'ai été insensé de me tuer !...

On a peur de la vie ; on est las des continuels labeurs et des continuelles souffrances et voilà que le spleen vous gagne... Si l'on est croyant, on maudit Dieu de vous avoir fait naître ; si on doute, on cherche pour la maudire la force inconnue qui vous a jeté sur terre...

Dans une évocation troublante de la lumière, on se dit : Les parcelles de mon corps auront, un beau jour, leur réveil. Elles seront les gardénias qui — les soirs de bal — fleurissent à la boutonnière des amis ; elles seront les violettes et les marguerites qui font rêver les demoiselles blondes ; elles seront les roses d'amour qui tremblent dans la chevelure des femmes ; elles s'en iront dans tous les êtres de la maternelle nature...

On se dit : je serai majestueux avec les montagnes, verdoyant avec les bois et les prairies, immaculé avec la neige, rieur avec les lèvres rieuses... On croit que l'on va revenir sous la forme d'un personnage célèbre qui étonnera le monde... On n'a qu'à choisir sa nouvelle enveloppe : savant, politique, homme de guerre, artiste ou poète... Le grand alchimiste est, cette fois, d'une bienveillance sans pareille : les morts ont même le droit de changer de sexe et l'ancien boulevardier, le viveur parisien peut se transformer, — s'il le désire, — en duchesse, en courtisane ou en simple modiste...

Chansons que tout cela !...

La mort est une berceuse qui garde et torture sa proie... Oh ! je voudrais revivre !... Qu'on me rende à la lumière, je serai meilleur et plus fraternel !... Pitié !... Pitié !... Le spleen de la vie n'est rien à côté du spleen de la mort !... Tous ceux qui prêchent le suicide sont des fous... S'ils savaient... Les planches font entendre un craquement... Encore !... Encore !... On dirait que mon cercueil... Je veux vivre... Je veux revoir le ciel radieux !... Ah ! que c'est beau, le soleil !...

. . . .

Ah ! que c'est beau, le soleil ! . . .

Se réveillant. — On sonne... Qui est là ?...

Un monsieur entrant. — Eh ! bien, Louis ?...

— C'est toi, Charles ?... Ah ! mon pauvre ami, je reviens d'un voyage terrible...

— En rêve ?...

— Dieu merci... C'est toute une histoire... Je descendais l'escalier de mon club...

TABLE DES DESSINS

TABLE DES DESSINS

12

Fin de la table

Achevé d'imprimer
le
15 septembre 1883
sur les presses
de
Ch. Maréchal & J. Montorier
imprimeurs
pour
Ed. Rouveyre & G. Blond
libraires-éditeurs
à
Paris.

DU MÊME AUTEUR:

Les Dames de Lamète, roman de mœurs de province, 3e édit.

Tête à l'Envers, mœurs contemporaines, 5e mille.

G. Charpentier, éditeur.

La Crucifiée, Calmann Lévy, éditeur.

Sous presse :

Sans Cœur, roman parisien. Calmann Lévy, éditeur.

En préparation :

Miss Tantale, mœurs parisiennes.

Théatre.

Le Grand Fils, comédie en trois actes.

Le Parâtre, drame en cinq actes.

www.ingramcontent.com/pod-product-compliance
Lightning Source LLC
LaVergne TN
LVHW050422160826
845677LV00002BA/497

* 9 7 8 2 3 2 9 7 5 5 7 0 0 *